소년의 시少年辞

황금알 시인선 204
소년의 시少年辞

초판발행일 | 2019년 11월 9일

지은이 | 옌즈(阎志)
옮긴이 | 한성례
펴낸곳 | 도서출판 황금알
펴낸이 | 金永馥
선정위원 | 김영승 · 마종기 · 유안진 · 이수익
주간 | 김영탁
편집실장 | 조경숙
표지디자인 | 칼라박스
주소 | 03088 서울시 종로구 이화장2길 29-3, 104호(동숭동)
전화 | 02)2275-9171
팩스 | 02)2275-9172
이메일 | tibet21@hanmail.net
홈페이지 | http://goldegg21.com
출판등록 | 2003년 03월 26일(제300-2003-230호)

ISBN 979-11-89205-51-5-03820

옌즈阎志 한국어시집

소년의 시 少年辞

옌즈阎志 시

한성례 옮김

황금알

차 례

I

Ⅱ

IV

해설 겸 옮긴이의 말 | 한성례

I

미래

누가 이 땅의 전기*가 되어
입에서 입으로 전해져 칭송받을 것인가
누가 이야기의 주인공이 되어
유위전변*을 맛보고
종잡을 길 없는 공허함을 느끼거나
혹은 천지를 감동시킬 것인가

누구의 시구詩句가 광장의 돌에 새겨져
아이들에게 온전히 기억되고
한 편 한 편이 동요가 되어
잠들기 전의 어린 마음을 움직이게 할 것인가

그 무엇도 예견할 수 없다
미래는 마치 어두운 밤과 같아서 갈피를 잡기 어렵다
하지만 나는 아이들과 하나가 되어
옛날부터 불러온 청신한 노래를 부르리라 그것만을 생
각하리라

사람들에게 기억되지 못한다면

결국 잊혀간다는 말조차 의미가 없을지니

〈옮긴이 주〉
* 전기(傳奇) : 기이한 일을 세상에 전함. 기이한 사실을 취재한 소설이
  나 희곡.
* 유위전변(有爲轉變) : 세상 모든 현상은 그대로 있지 않고 인연으로
  인해 변해 간다는 말로서, 세상사의 덧없음을 뜻한다.

과거

우리는 왜 세상사에 마음이 흔들려
결국에는 참지 못하고 뜨거운 눈물을 흘리는 것일까?
마음속 찰나의 부드러움이
우리를 너에게로 향하게 하는 것일까?

꽃잎이 바람에 떨어져
진흙탕 속에서 한 번도 그친 적 없던 필사의 몸부림을
잠시 멈추게 하는 것은
마음이 가벼워지지 않을 때 떠오른 과거다

간절한 혹은 얼음처럼 차가운 표정
도깨비 형상이었다는 기억, 견딜 수 없었던 말
한순간의 부드러움이 바람에 날아가면
그 자리를 대신한 시간 속에서 너는 곧 잊혀진다
이제 떠오르는 사람은 없다

그 한때를 영혼이라고 하는 걸까
그 한때에 영혼이 깨어났다가 다시 바람에 불리어 사
라진다

마음의 평정을 찾지 못하고
마음의 고통을 참을 수 없었던 세월
불안했던 과거가 악행을 획책하며 준동하고 있다

소년

이 또한 예지할 수 없는 여정이리라
언제쯤 아름다운 어구語句와 문장이 찾아와
생활 속 하나하나에 깊이 파고들어
광야 한가운데의 경쾌한 진동에
조용히 귀 기울일까

20년 전에는 조금도 신경 쓰지 않았던 마음의 움직임이
20년 후 어느 오후에 싹을 틔운다
그것이 바다여도 좋고 그것이 검푸른 물결이어도 좋다
숲 속의 좁은 돌길은 여전히 단단하게 자리 잡고 있다
우리는 길마다 무엇을 떨어뜨리며 왔을까

허덕지덕 바빴던 오후
가상공간 속 친밀한 교류의 가능성에 대해 토론하며
커피는 식고 스타벅스의 불빛도 어둑해진다
값비싼 땅에 자리한 오피스빌딩을 나온 후
시골 소년은 온 얼굴에 힘을 모아 심호흡을 한다

소년은 낙엽이 어지러이 흩어진 골목을 걸어간다

오후의 태양이 따라오고 매미가 쉼 없이 울어댄다
사계절 푸르른 나무들도 성장을 멈춘 적은 없었다
노쇠한 세월은 옛날부터 소년의 것은 아니었다
아아 소년이여! 그것은 나인가

그리운 추억

나는 언제나 이 여정이 머지않아 끝을 맞이하리라 생
각한다
늘 생각한다
내가 최고라고 여기는 것을
진심으로 사랑하는 사람들과 나누고 싶다
이것은 요컨대 내 모든 절실함의 이유이다

도시의 횡단보도에서
고속도로의 출구에서
역에서 공항에서 부두에서
당신들은 혹시 내 분주함을 보았을까

나는 아름다운 풍경과 그곳의 모든 시간이 아쉬워
지나간 날들 속에 도취된다
햇빛은 언제 비쳐도 좋았고, 산들바람은 언제 불어와
도 좋았다
비몽사몽 간에
시골의 울타리, 마을 골목길
식구처럼 친근한 동물들, 식물들

하나하나 말을 걸어온다

노인들은 같은 이야기를 반복해서 늘어놓고
논에는 고개를 드리운 키 큰 벼 이삭
내 소중한 사람들은
내 그리운 추억을 기억해줄까

하늘의 끝

이것이 내 하늘의 끝
바다도 보이지 않을뿐더러 건너편 물가도 보이지 않는다
기력을 죄다 소진하면 도달하는
세상의 온갖 은혜와 원한
봄비에 젖은 살구꽃의 온갖 그리움을 통과해야
도달할 수 있다는 하늘의 끝

일망무제*는 검푸른 바다가 아니다
네 절망의 미소만으로는 이르지 못하는 저편이다
내 하늘의 끝에 살기가 깔린 기색은 없다
이 세상이 전혀 존재하지 않는 듯 고요하다

검을 짊어지고 출발하는 내 모습이 눈앞인 듯 선명하다
그것은 소년의 탐구 여행
그러나 한참 시간이 흐른 뒤에야 겨우 깨닫는다
종점이란 출발점과 다름없음을

나는 이제 돌아가지 못한다
내 하늘의 끝에는 되짚어갈 길이 없다

등 뒤로 끝없는 바다가 펼쳐져 있을 뿐이다
바다 건너 저편에 배를 내릴 물가도 없다

〈옮긴이 주〉
* 일망무제(一望無際) : 아득하고 끝없이 멀어 눈을 가리는 것이 없다는
  뜻.

거리

어느 날, 아니다, 아무 때나 무심코
나는 역시 너를 떠올리겠지
예를 들면 눈 내리는 날
눈꽃이 대지를 덮을 때 너를 떠올리겠지
너는 내려 쌓인 눈 위에서 싱긋 웃으리라
예를 들면 글을 읽고 있을 때 너와 같은 성이나 이름이
나온다면
여러 글자 중 어떤 글자를 접해도 떠올리겠지
예전에 내가 가만히 너에게 들려준 말을 떠올리겠지
빠르게 달려가는 자동차의 행렬 속에서도 떠올리겠지
설령 자동차의 속도와 바쁜 일이 교차하지 않았다 해도
너는 역시 원래 장소에서 나를 기다리고 있으리라
그리고 고향의 야트막한 산
모든 것이 정적에 싸인 깊은 밤에
나는 너를 떠올리겠지 가장 먼저 떠올리겠지

나는 한동안 시간이 지나가는 것을 두려워한 날들이
있었다
누구나 시간이 지나면 쉽사리 망각하기 때문이다

이제는 더 이상 두렵다고 생각지 않는다
알게 되었으니까, 어느 날, 아니다, 아무 때나 무심코
틀림없이 너를 떠올릴 것이다
진심이다 나는 감사하다
내가 너를 떠올릴 수 있으니 감사하다
아무 때나 자연스레 이렇게 아름다운 기억을 떠올리게
해주어 감사하다
  그것이 바로 흘러가는 너의 시간을 묶어두는 방식이다

눈뜨다

나는 그저 천천히 눈 뜨려 한다
필사적으로 버티고 있는 사람들을 위로해 주려 한다
어두운 밤에 누가 그들에게 말을 걸어줄까
도시의 버스정류장에
택시 트렁크에
밤은 뒤엉킨 채 언제까지고 휘감겨 있다

주황색 가로등, 축축한 노면
앞서 내린 비의 습기는 빠져나간 적이 없다
도시 속에 남겨진 옛 마을의 길모퉁이에서 소리가 나고
마을은 아직 깊은 밤에 빠져 있다
변함없이 아등바등 바쁜 사람, 어지럽고 복잡한 생활
이따금 흐느껴 우는 소리가 들리지만 그에 대한 응답
은 없다

언어가 사라진 자리에는
결국 새카만 어구語句가 기다리고
적막한 빌딩은 홀로 마음 아파하며
일제히 문을 열어젖히는 밤

그때마다 손은 스위치를 찾지 못한 채
밤에 대하여 밤을 지속시킬 뿐
나는 그저 천천히 눈 뜨려 한다
필사적으로 버티고 있는 사람들을 위로해 주려 한다

그리움

너는 알리라
억수로 쏟아진 빗물을 그대로 놔둔 데 대한 곤란함
15세 소년은
정이 많고 감상적이었다
너는 알리라
새벽마다 뒤쪽에서
비가 쏟아지며 지면을 때리는
빗방울 소리가 끊임없이 들려왔다

어머니는 따스함
한바탕 큰비가 쏟아진 뒤
나는 흘러가는 시간의 깊이에 몸을 감추고
산꼭대기를 찾아서 추억한다
너는 알리라
황망한 계절에 웃자란 수북한 연꽃이
작은 연못 속에 고요히 잠겨있던 모습을

큰 도로가 있고 그 길을 똑바로 질러가면
휘어진 처마 끝 빗방울이 허공에 매달려있다

너는 알리라
내가 너에게 일러준 적이 있다
15세 소년이여
영원히 계속될 세월은 창밖에서
바람과 함께 흘러간다

너는 알리라
논두렁길의 진흙을 마음에 담아두는 사람은 없다
그저 나는 그리워할 뿐이다
20년 후에는 어떤 만남이 있을까
아니면 이별이 있을까
어머니!
당신의 따스한 손은
아직 시골에 있습니다 빗속에 있습니다
아직도 논두렁길 위에 있습니다

받아들이다

우리를 받아주는 것은 땅의 온화함뿐이다
빗물은 언제까지나 거기에 있고
떠도는 티끌과 먼지는 억만 광년 동안 뒤얽혀
손바닥에 열기를 남겼지만
몇 통의 편지는 아직도 부치지 않았다

우리는 필요하다
5월의 호수 위에 잠시 머물러
고요에 잠긴 뒷모습이 필요하다
극장 위 하늘에 메아리가 울려 퍼진 후로
여태껏 그치지 않고
이제 막 커튼콜*을 받은 주인공은
쉽게 떠나지 못하고
이별이 가까스로 상연된다

우리의 땅, 빗물, 푸른 풀을
다시 찾아오는 무성한 덤불 속으로 받아들이자

우리의 소식은

어떠한 녹색의 물방울 속으로도 찾아온다
어떠한 쇠락 속이라도
순식간에 사라져 가지만
그 무대는 쉽게 사라지지 않는다

커튼콜을 잊어라
떠나려 하고
재회를 거부해도
다음 계절에는 꼭 만나리니
우리의 땅, 빗물, 그리고 시간을
받아들이자

〈옮긴이 주〉
* 커튼콜 : 연극이나 음악회에서 공연이 끝나고 막이 내린 뒤 관객이 찬
  사의 표시로 환성과 박수를 보내어 퇴장한 출연자를 무대 앞으로 다
  시 불러내는 일.

소년의 시

1

가만히 두어도 좋고 겨울에 하여도 좋다
20년이다 이제 마음에 두지 않아도 좋다
해를 거듭하는 것은 내가 잘 아는 초목이나 노랫소리
만은 아니다
연년세세 성쇠를 거듭하는 당시唐詩, 송사宋詞
연년세세 성쇠를 거듭하는 봄볕, 여름의 뙤약볕
우리는 이제 뒷마당에 없다
우리는 이제 산비탈에 없다
우리는 이제 통학로에 없다

우리는 어디에 있을까? 우리의 세월은 어디에 있을
까?
벌써부터 이러한가? 벌써부터 이렇게 나이 들어가는
가?

2

뭐라 이름 붙이면 좋을지 모르는 세월은
뭐라 이름 붙이면 좋을지 모르는 감정은

스무 살 노랫소리 속으로 추방했다
이제 겨우 알았다
세월은 잔혹하다
사랑은 어찌 보면 너무 많은 시간을 허비해야 한다
내팽개친 것과 내팽개치지 않았던 것 어느 것도
수천 년의 속세 속에 있고
처마 밑에 있다
이제 겨우 알았다
마음 하나 가슴 속에서 기나긴 시간을 보내고
해를 거듭하여
서서히 나이 들어간다

　3
오랜만이야
초록의 나무가 그늘을 이루는 큰길에도 마찬가지로 오
랜만이야
그 가지 끝의 청량한 숨결에도 마찬가지로 오랜만이야
세상을 떠도는 삶이라서 서로가 서로를 잊고 있었지
그래도 되는 걸까? 그러면 안 되는 걸까?

세월은 눈 깜짝할 사이에 흘러가도 괜찮은 법이다
언뜻언뜻 보이는 흰 머리카락
호수는 여전히 흐릿하게 보인다
소년 너만은
아직 시간의 봉우리에서 바람을 맞으며 나부끼고 있는
가?

오랜만이야
허둥지둥 왔다가 허둥지둥 가버리지
그런 네가 나무의 이름을 말할 수 있을까?
만일 그리워하는 마음이
늙어가는 탓이라면
다음 만남은 기대할 수 있을까?

세상

내 세상? 아니면 너의 천하?
'셋째아들의 검'*에는 배꽃
비여! 마음껏 퍼부어라
창틀 옆의 해당화는 밤마다 쓸쓸하다

 너는 어메이산*에 있을까? 아니면 내가 돌아갈 길을
모르는 걸까?
 설익은 마음이 불어와 호수 수면 위에 물결치는 그리움
 하지만 나는 돌아가지 않으리라
 "어찌 돌아가지 않으리"*라고 했던 서역西域은
 광대한 사막에 부뚜막 연기

 세상은 좁은데 어찌 너의 머리끝부터 빠져나갈 수 있
으리오
 용감하게 뛰어나가 자신을 북돋아보지만 기적은 일어
나지 않는다
 노래가 끝나고 통곡하는 것은 처음 한번뿐
 시작도 하지 않은 세상인데 어찌 끝난다고 하겠는가

너의 깊은 한은
텐산*의 백발 여인 머리맡에 있다
눈에 보이지 않는 회한은 눈에 보이지 않는 막다른 곳
실은 그곳이야말로 나의 종착지이다

〈저자 주〉
* 셋째아들의 검 : 중국 명조(明朝) 때를 배경으로 한 중국의 텔레비전
  무협 드라마

〈옮긴이 주〉
* 어메이산(峨眉山) : 중국 쓰촨 성(四川省)에 위치한 중국 불교 4대 명
  산 중 하나. 도교가 융성했던 산이기도 하다. 산세가 아름다워 아리따
  운 여인의 눈썹이라는 뜻의 아미라는 이름이 붙었다.
* 어찌 돌아가지 않으리(胡不歸) : 중국 동진(東晋) · 송(宋)나라 때의 시
  인 도연명(陶淵明, 365~427)이 41세 때 마지막 관직을 버리고 낙향하
  면서 세속을 떠나는 심경을 읊은 시 「귀거래사(歸去來辭)」의 한 구절.
* 텐산(天山) : 중국 신장(新疆)웨이우얼자치구와 키르기스스탄, 우즈베
  키스탄, 카자흐스탄의 4개국에 걸쳐 있는 산맥. 만년설이 덮인 봉우
  리, 자연 그대로의 산림과 고산 초원, 맑고 투명한 강과 호수 등 아름
  다운 경관이 일품이며, 만년설에 덮여 있어 옛날에는 바이산(白山) ,
  쉐산(雪山) 등으로 불렸다.

일식

보이지 않는 암흑은 날아가듯 달아나
마을들을 통과하고 감정 속을 가로지른다
유랑민, 밤도둑, 애꾸눈, 도망자
아득한 벌판은 끝없는 점유와 상실
최후의 라이벌은
혹시 너일까? 아니면 떨쳐내기 힘든 기분일까

보살핌은 아무도 볼 수 없다
네가 숨긴 반짝거림만 눈에 띄어
다이아몬드 반지의 눈부신 아름다움이
사람의 마음을 전율시킨다
힘은 무효, 검은 무효, 공적은 무효, 법은 무효
세상 그리고 세상
사람의 목소리만이 들끓는다

한때는 검 하나로 혼자 여행을 떠나
하늘과 땅끝까지 가려 했다
하지만 너의 안내가 사라져버렸다
나는 단순명쾌한 정글 속에서 길을 잃었다

밤은 밤대로 짧고 무섭고
낮은 낮대로 그림자도 형체도 보이지 않고
인간 세상이 변모할 때의 격렬한 싸움은
산들바람 속을 떠돌며 퍼져나갔다

너의 소맷자락은
낮이 없는 세상에서 재빨리 구전되어
흑과 백의 연적에 대한 애증을 전하고
세상 물정에 익숙한 사람이 사라진 수면은
물결이 잔잔하여 평안과 무사함을 전했다

셴닝* · 온천

오랜 세월이 흘렀어도
셴닝의 온천은 여전히 온기를 유지하고 있다
사진 속의 사람들은 이미 각지로 뿔뿔이 흩어져 버렸
지만
대나무 숲은 옛날 그대로 푸르른 바다이다

내 고향에도
온천이 있다
마찬가지로 여전히 내 마음 한구석을 따뜻하게 해주는
고향의 온천과 셴닝의 온천은
숨겨진 연결점이라도 있는 것일까
그건 모르지만
어떤 온기가 앞으로도 계속 함께 해주리라
그 점만은 깊이 예감한다

오랜 세월이 흘렀어도
셴닝의 온천은 여전히 따뜻하다
따뜻함이 내 몸에 쏟아진다
몇 년이든 예전과 마찬가지로

줄곧 변함이 없다

〈옮긴이 주〉
* 셴닝(咸寧) : 중국 후베이 성(湖北省) 남동부에 위치하며, 역사가 오래
  된 도시.

베이징 · 첫눈

2009년 11월 1일
저우지洲際호텔의 창문을 열자
베이징은 아침 안개 속
잠시 후
눈이 흩날렸다
그것은 베이징의 첫눈
당연하다는 듯
흩날렸다

아침식사를 마치고
방에 돌아오니
눈은 어느 새 수북이 쌓여
주변이 하얀 설경으로 덮여 있었다
밖은 춥고
방 안에도 온기가 없었다

전혀 예기치 못한 만남에
감격했던 것일까
뭔가 떠오르는 일이 있었던 것일까

이미 한참 지난 일이다

베이징에 내린 그 눈이 비행에 얼마나 많은 영향을 미
쳤을까

그로 인해 얼마나 많은 만남이 어그러졌을까

폭설로 인한 일정 변경이야 비일비재하니

어쩌면 그것은

대수롭지 않은 일이었을지도 모른다

싼야*

여기는 싼야의 아침
온갖 것들이 이리도 진실과 거리가 멀다
야룽완* 만은 아직 깊은 잠에 빠져 있고
해수면은 미동조차 없다
작년 여름의 큰 비는
흔적도 없이 사라지고
바닷가 모래밭은 누구라도 금방 마음이 가 닿는다
만약 바람이 불어도
아니면 틀림없이 바람이 부니까
역시 바다 위에서는 변하지 않는다
요트 그리고 오가는 상념에 관해서는

〈저자 주〉
* 싼야(三亞) : 중국 광둥 성(廣東省)에 속한 하이난(海南)섬 최남단의
  휴양 도시.

〈옮긴이 주〉
* 야룽완(亞龍灣) : 싼야의 반월형 해변으로, 깨끗한 바닷물로 유명하여
  '동방의 하와이'라 불린다.

시구 詩句

너는 알고 있으리라
이럴 때는 종종 네가 떠오른다
텅 빈 방 그리고 반짝이는 깊은 밤

너는 알고 있으리라
내게는 몇 가지 고질적인 습관이 있다
어떤 계절이 오면 처음부터 다시 되풀이하는 일이 있다
모습은 묵직해도
소년의 봉우리들은 여전히 조용했다
네가 올지 안 올지
20년이 지난 지금에 와서는 하잘 것 없고 사소한 일이다

너는 분명히 알고 있으리라
세세한 부분 몇 가지는 낙엽 속에 파묻혀 있고
소년의 시구는 지금까지 읊어진 적이 없다
그러므로 경험이 전부다
게다가 그 무엇도 일어난 적 없는 듯 보이고
아무런 흔적조차 남아 있지 않은
무수한 시간이여

헌시 獻詩

이 밤은 어떤 밤인가
또 어떤 아침이 될까
믿어도 좋습니다
햇빛이 비추어
우리 미지의 세월을 따뜻하게 해주리라고

이것은 당신의 광채
혹은 당신의 영예
암담하든 고통스럽든
종내에는 당신 덕분에 멀어져 가겠지요

나는 자연의 소리와 다름없는 당신의 목소리에
귀 기울여보려 합니다
당신은 선량한 사람들을
일깨워줍니다

마음을 담대하게 하여
내일부터는 유쾌한 사람이 되려합니다

II

이런 것은──십행시 1

이런 것은 어떨까
여름의 숨결로 잠시 추억한다고 하면?
이를테면 밝은 태양
이를테면 매미
이를테면 불안에 떨던 삶

언제 시작해 언제 끝났단 말인가?
너는 분명 그곳에 있었다
그 방 그늘에서
세월 뒤편에서
소리 죽여 웃고 있었다

과정——십행시 2

나는 분주함을 안다
헤어짐을 안다 게다가
두 번째는 없다는 사실도 안다
하지만 여전히 다음을 놓치고 있다

시간을 탓하지는 않는다
장소를 탓하지는 않는다
사람을 탓하지는 않는다
결과를 탓하지는 않는다

과정에 지나지 않는다
나도 전혀 모른다

안녕히──십행시 3

절대로 '안녕히, 또 만나자'와 같은 말은 해서는 안 된다
어쩌면 인생에서 재회란 애초에 존재하지 않았을지도
모른다
지나간 것은 오직 꿈속에 있을 뿐
미래는?
어쩌면 그 또한 꿈속에만 있을 뿐

깨어있는 걸까?
깨어있지 않은 걸까?
중요한 일인가? 중요하지 않은 일인가?
잠결에 몸을 뒤척이다 다시 잠이 든다
혹은 다시 눈을 뜬다

어쩌면——십행시 4

어쩌면 오늘
어쩌면 내일
어쩌면 이미 과거의 일
어쩌면 아직 시작하지 않은 일
어쩌면 한 번 어깨라도 슬쩍 스쳐 지나갔을 터
어쩌면 천 년을 줄곧 기다리고 있을 터
어쩌면 나는 너에게 등 돌리고
어쩌면 너는 나에게 등 돌렸으리
어쩌면 고원에 있거나
어쩌면 속세에 떨어져 있으리

상처 주다——십행시 5

상처 준 일에 대해 아무것도 모른 채
너는 어둡고 음침한 곳에서 기다리고 있다
너는 정말로 아무것도 모른다

맨홀 뚜껑 하나
구렁텅이 하나
구태여 화제로 삼을 필요도 없는 애정 하나

우리가 상처 준 일에 대해 아무것도 모르기에
하물며 무슨 이야기부터 시작해야 할지도 모른다
그래서 잊어버리고 만다
바람에 맡기면 흔적조차 남지 않는다

새벽녘——십행시 6

우리는 의의意義를 추구한 적 있고
품질을 추구하고
존엄을 추구한 적 있다
나 역시
침착하려 마음먹은 적 있다
네가 눈에 들어오지 않은 적 있다
같은 이치로 네 눈에 내가 보이지 않은 적도 있다
돌이킬 길은 영원히 없으리라 생각했던 때가 있었다
밀려오는 파도에도 놀라지 않았던 때가 있었다
너는 깨달은 적 있을까
나는 눈을 뜬 채로 꿈을 꾸며 수많은 아침을 맞이했다

사랑스러운 아이——십행시 7

사랑스러운 아이야 푹 자렴
편안히 잠든 네 모습은 나에게
끝없이 새로운 세계를 보여준단다
그것은 갓 피어난 꽃
그것은 알록달록한 무지개
그것은 파릇파릇 풀이 무성한 들판
그것은 작은 동물들이 숨바꼭질하는 숲
사랑스러운 아이야 안심하렴
상처 입을 일은 없단다 잃을 것도 없단다
내일만 있어! 빛나는 내일이야!

예류*——대만11장 1

시골 정취 물씬 풍기는 이름
어떤 비밀을 휘감고 있을까
길을 더듬어
이천만 년 전으로 나아가면
여왕, 공주
촛대, 코끼리
발자국, 바다

신이 강림했음이 틀림없다
시간은 다른 방향에서 시작되었음이 틀림없다
그곳은 수도 타이베이臺北에서 멀지 않은 곳
다시 잠잠해지는 것도 태도 중 하나
바닷물이 밀려오고
이름도 없는 태풍이 지나갔지만
온기는 조금도 남아 있지 않았다

겉으로 드러난 것은 이미 변해버렸고
드넓은 바다 가장 깊은 곳을 만나
유명해진

어느 만灣 안에서 말라가고 있다
그로부터 예류는
사람들에게 알려졌고
그로부터 너는
그저 소리 없이 묵묵히 서 있다

〈옮긴이 주〉
* 예류(野柳) : 타이베이 북부 해안 서쪽에 위치한 도시. 사암과 용암이
  오랜 기간 침식작용과 풍화작용을 받아 형성된 기암괴석으로 유명하
  다. 여왕머리, 공주머리, 코끼리 바위 등의 이름을 가진 다양한 형태
  의 바위가 있다.

타이베이——대만11장 2

이곳이 타이베이이다
지진과 멀리 떨어져
부단히 축복받은
떠들썩한 사람의 무리가 흩어지고 나면
밤은 별빛 한 점 없다

고색창연한 이끼는
5월 한낮에 돋아나지만
반역이 필요한 것은 그대 마음속
한순간의
번뜩임 혹은 환멸

타이베이는 철학 속 형이상학적인 주민회의에서
뒤집힌 결정을 따라
생겨난 곳
광장 한구석에서 우연히 마주친 앨범 '치리샹七里香'*
그러고 보면 꽤나 청춘과 인연이
있는 타이베이
또다시 밤새 잠들지 못하고

드높은 또는 답답한 굉음은
이제 되살릴 수 없는 타이베이 길모퉁이에서
소리가 흘러나와
또 한 번의
만남
다음번 또 한 번의
우연한 만남

〈옮긴이 주〉
* 치리샹(七里香) : 대만의 가수 겸 배우 저우제룬(周杰倫)이 2004년 1
  월에 발표한 앨범. 중국 내 공인 판매기록 260만 장을 기록한 베스트
  셀러 음반.

르웨탄*——대만11장 3

짙은 안갯속에 르웨탄은 물결 하나 없이 펼쳐져 있고
또렷하게 보이는 모습이 마치 청춘 같다
깊은 호수는 청량하게 맑았다
그것은 목이 메어 하지 못한 말이
한 마디가 아니라
두 마디 세 마디라도 있을 법한 풍경이고
여행길에서 발걸음이 바쁜 사람이
여러 번 저지른 실수였을지도 모른다

거대한 댐을 쌓아 생겼다는 말도
천지에 이름을 붙였다는 말도
모두 중요하지 않다
왜냐하면 너는 없으니까
호수의 깊이는 이십칠 미터
여전히 빠져나갈 길 없는 청춘

짙은 안갯속에서 수도 없이 갇혀
굳어진 것을 풀어나갈 길이 없다
정돈하지 않으리라

흐트러진 것은 흐트러진 대로 놔두리라

느긋하게 날개를 펼쳐보자
가장 중요한 것은 잊는 일인지도 모른다
중요하지 않다고 해도

〈옮긴이 주〉
* 르웨탄(日月潭) : 대만 중부에 위치한 대만 최대의 담수호. 호수 북쪽
  수역은 해, 남쪽 수역은 초승달을 닮았다 하여 붙여진 이름.

아리산*——대만11장 4

25년 전에는 결코 이때의 해후를 생각지 못했다
그러니 인생은 예기치 못할 일로 가득하다
그렇다면 나와 너의 다음번 재회는
아침 이슬 속에 숨어 있을까?
아니면 어느 날 석양의 보조개 속에 숨어 있을까?

한 편의 시에는 큰 힘이 있다
그러나 시에 기대하려 해도 그럴 수 없다
25년 후 아리산의 소녀는
변함없이 온화하고 아름답고 꾸밈없고
또 변함없이 애정이 깊겠지만
이는 13세 소년에게는
영원히 이해하지 못할 방정식이다

최후의 결론만을 알뿐이다
거기에 두 명의 젊은이가 있었으니
한 명은 소년, 한 명은 소녀
한 사람은 아리산에 있었고
한 사람은 다몌산*에 있었다

57

어쩌면 동시에 고개를 들고
하늘로 둥실둥실 떠가는 구름을 바라보고 있을지도
산 너머 바다 건너 벼랑을 생각하고 있을지도
25년 후의 여러 일들까지도
그러나 실제로는 그때 떠올리지 않을 수도 있다
허나 그게 뭐가 중요하겠는가

내가 아리산에 섰을 때
숲 속을 한 소녀가 뛰어다니고 있었다
그 소녀가 너였을지도 모른다
그렇다면 우리는 또다시 해후한 것이 아닌가

〈옮긴이 주〉
* 아리산(阿里山) : 타이완 중부 타이완 산맥의 위산(玉山) 서쪽에 솟은
  여러 산의 총칭. 대만 3대 명산 중 하나.
* 다볘산(大別山) : 중국의 명산. 안후이 성(安徽省), 후베이 성(湖北
  省), 허난 성(河南省) 3성의 접경지대에 위치한 산맥으로, 중국에
  서 가장 긴 강인 창장(長江) 강과 화이화(淮河) 강의 분수령이다.

가오슝 항*──대만11장 5

'괴괴하게 가라앉아 있다' 이 구절은
20년 후에 다시
내 시 속으로 들어오리라
나는 말의 바닥이 얕음을 알고 있다
아무리 생각해도
인류의 감정을 깊이 파고들 재주가 없다

오늘 밤 가오슝 항은
신기하게도 기억 속 구절처럼 괴괴하게 가라앉아
반짝이던 불빛도 말이 없고
뒤엉키는 감정은 바닷가 항구 한쪽을 떠다니다
파도에 떠밀려 모여든다

미래는 무엇 하나 예기치 못한다고
나는 진작부터 말해왔다
그리고 가오슝 항이여
너를 베개 삼아 깊은 잠이 들면
너는 분명 그것을 들어주겠지

내가 다음으로 가고자 마음먹은 발걸음은
그렇다, 약속한 장소에 가려 하는
중년 남자의 발걸음이다
가오슝 항을
마주하면
이렇듯 괴괴하게 가라앉은 항구다

그 뒤쪽에서 갑작스런 일로 깜짝 놀란 도시
끊이지 않는 놀라움을
있는 그대로 받아들이는 것 같다

〈옮긴이 주〉
* 가오슝 항(高雄港): 가오슝은 대만의 남서부 해안에 위치한 타이완 제
  2의 도시이며, 가오슝 항은 대만 해협과 바시 해협 사이의 중요한 요
  충지로, 대만 최대의 국제 무역항이다.

컨딩*――대만11장 6

예전에는 사람이 살지 않았던 황무지
지금은 사람들이 왕래하는 번화한 곳
세상사는 흔히 말하듯 예측을 불허한다
대개는 이보다 더하진 않지만

한 발 더 내디디면 그곳은 태평양
한 발 물러서면 그곳은 바시 해협*
몰려있는 돌멩이와
뒤엉킨 식물
모래밭 바위 근처에 엉겨 있다

늘 찾아오는 봄은 멀지 않은 곳에 있다
대륙의 노래를 아직도 누군가 부르고 있을까?
15세 소년이여
내가 콧노래를 부르면
다가가기도 전에 너는 멀어져 간다
결국 모든 것은 예상조차 어렵다

다양한 형상의 바위는 외딴 섬 그 자체다

그다지 번화하지도 않고
특별히 색다르지도 않다
나에게는 언제나 들린다
하염없이 우는 소리가 바다 저편에서 들려온다

〈옮긴이 주〉
* 컨딩(墾丁) : 대만 최남단에 위치하며, 아름다운 자연경관과 해안 절
  경, 열대 식물 공원 등이 유명한 바닷가 휴양지.
* 바시 해협: 대만과 필리핀 북부 바탄 제도 사이에 있는 해협.

타이둥* 당숙──대만11장 7

지난 세기 80년대 말
많은 사람들이 대만에 친척이 있어 영광이라고 부러워
하던 시절
우리 집에도 대만에서 당숙이라는 사람이 찾아왔다
구체적으로 말하면 대만의 타이둥에서 왔다
그때는 가오슝은 몰랐고 타이둥은 알고 있었다

오늘 나는 다녀왔다
타이둥 당숙 댁의 문을 두드려 볼 요량으로 찾아갔다
아버지는 이제 그의 전화번호와 주소를 온전히 기억하
지 못한다
나는 지금 호텔에서 당숙이라는 사람에게
기념 시 한 편을 쓰고 있을 뿐이다

이 시각 그도 타이둥에 있다
기묘한 방식으로 문을 두드린 젊은이가 있었다는 것을
그는 틀림없이 모른다고 할 것이다
그도 멀리 중국의 다볘산 중턱에 사는 친척을
한순간이라도 떠올린 적이 있었을까

생각지도 못했으리라
다볘산에 사는 조카가 타이둥에 와서
밤새 그를 생각하고 있었다는 것을

〈옮긴이 주〉
* 타이둥(臺東) : 타이완 남동부에 있는 도시.

화롄*──대만11장 8

꽃 이름
연꽃의 우수
그래서 화롄

여행의 여정이 이제 곧 끝나가려 할 때
화롄은 종점 바로 앞에 가로놓여
너에게 비를 고한다
예상치도 못한 비
너에게 이야기를 고한다
지금까지 정설이 안 된 이야기

태평양을 끼고 있다 하여 어떻다는 것은 아니다
누가 도망간다는 것인가
누가 보존을 시작한다는 것인가

싼시엔타이*에는 따뜻한 돌이 있어
따뜻하다는 결과를 계속 의지하고 있다
그것만은 안다
따뜻함이란 막 시작한 결과

〈옮긴이 주〉

* 화롄(花蓮) : 대만 중동부 해안에 위치한 정취어린 도시. 이국적인 경치가 뛰어나며, 유명 국제항 중 하나. 웅장하고 아름다운 타이루거 협곡이 있어 대만의 대표적인 관광지이다.

* 싼시엔타이(三仙台) : 타이둥 동북에 위치한 작은 섬으로, 중국 고대 신화에 나오는 세 명의 신선인 여동빈(呂洞賓), 이철괴(李鐵拐), 하선고(何仙姑)가 놀다 갔다 하여 '싼시엔타이(三仙台)'라는 이름이 붙었고, 희귀한 수목과 풍화된 산호초가 특이한 경관을 이루고 있다.

협곡*──대만11장 9

안개가 사라지기 전에 달려간
너와의 만남
두 개의 산이 꽁꽁 얼어붙은 듯해서 모여 있을 때
들려온 것은 너의 작은 노랫소리

암석은 그저 실루엣에 지나지 않는다
그저 저쪽 편에서 오기만을 기다리고 있다
2억 년 전에는 운명 지어져 있었는지도 모른다
네가 깊게 상처입고 나서야 나는 겨우
어떻게 하면 세상을 사랑하는지 알 수 있었다

그렇다면 나는 제비의 입가에 머물까
빽빽하게 늘어선 암석은 묵묵히 아무 말도 하지 않겠
지만
날아다니는 제비는 틀림없이 네 소식과 관련이 있을
테니

수만 년 후에도 똑같다
너는 여전히 아무런 말이 없으리라

마치 사랑 따위는 아무래도 좋다고 말하는 듯하다
마치 상처 따위는 아무래도 좋다고 말하는 듯하다
먼지나 안개비가
협곡 사이를 떠다니는 것과 매한가지다
있든 없든 변함이 없다

〈옮긴이 주〉
* 협곡(峽谷) : 대만 화롄의 타이루거 협곡을 말함.

다시 고궁——대만11장 10

유랑하느라 편히 머물 곳 없었던 그 병瓶들
세상에서 유명한 그 배추*
그리고 역시 세상에 널리 알려진 돌 고기*와
다시 타이베이에서 마주했다

청핀서점*은 이제 대만 전역에 널리 퍼져 있다
고궁은 여전히
두 사람이 마음먹은 대로

포기한다면 탈출은 가능하겠지만
극락정토에 거듭나고 싶다는 기도 따위는 필요 없다
몇 가지 것은 대개 한 번의 생으로 끝나지 않는다

세발솥은 그곳에 생생하게 존재하고 있지만
웬젱밍*이 87세에 완성한 소식蘇軾의 「적벽부赤壁賦」에
삼국시대의 화약 연기는 한 줄기도 보이지 않는다

가령 청명淸明 시절에
〈청명상하도〉*의 재현이 어려웠다는 건 알고 있어도

헤어질 때의 체념이여, 괴로움이여

〈옮긴이 주〉

* 배추 : 대만 국립고궁박물원이 소장하고 있는 청나라 시대의 조각 취옥백채(翠玉白菜)를 말한다. 경옥을 이용해 여치와 메뚜기가 숨겨진 배추를 표현했다.
* 돌 고기 : 대만 국립고궁박물원이 소장하고 있는 청나라 시대의 조각 육형석(肉形石)를 말한다. 벽옥으로 동파육을 묘사했다.
* 청핀서점(誠品書店) : 단순한 책방을 넘어 복합 문화공간으로 자리 잡은 대만의 대표 서점.
* 웬젱밍(文徵明) : 중국 명나라의 이름난 문인이자 화가로 글씨와 그림에 능하여 산수와 화조를 잘 그렸다. 작품으로 〈혜산다회도〉, 시문집으로 〈보전집(甫田集)〉 등이 있다.
* 청명상하도(淸明上河圖) : 북송(北宋, 960~1126)대에 유행했던 중국 풍속화의 한 화제(畵題)로, 즈앙 치뚜안(張擇端, 12세기 초 활동)의 〈청명상하도〉(1120년 경)가 가장 유명하며, 청명절(淸明節, 춘분을 지나 15일 후인 4월 5, 6일경 성묘를 하는 명절) 도성의 인파를 화권(畵卷)형식으로 그렸다. 원(元) 명(明) 청(淸)을 거치며 수많은 모본(摹本)이 성행하였다.

안녕, 타이베이——대만11장 11

나는 꽃이 만발한 5월의
타이베이가 더욱 좋아졌다
나는 평온하고 만물이 더불어 자라는
타이베이가 더욱 좋아졌다
나는 이 시각의
타이베이가 더욱 좋아졌다
주변 창문의 희미한 불빛
거리에는 물씬 풍기는 나무 향기
마치 고향 언덕 위에 서 있는 듯하다
마치 소년 시절 도시를 향해
마음을 두고 있는 듯하다

이런 타이베이도 이제 멀어지리라
바다 저쪽 해안에서의 그리운 마음과
소년의 마지막 만남은 어딘가의 항구나
혹은 어딘가의 산마루에 존재하겠지

안녕, 타이베이
이제는 돌아갈 수 없는 시간과

때늦은 기다리는 마음이
어깨를 스치듯이 엇갈리고
길가의 무성한 감정이
절절한 그리움으로 떠오른다

시작詩作

내가 시를 쓰려 함은
겨울이 어떻게 봄으로 바뀌는지
행복한 사람들이 어떻게 미소 짓기 시작하는지
바로 그것을 쓰려는 것이다

내가 시를 쓰려 함은
바로 소중한 사람의 생일
그리고 따스함 넘치는 이름을
똑똑히 기억하려는 것이다

내가 시를 쓰려 함은
제비가 돌아올 때까지의
바로 그 기다림을 습득하겠다는 것이다
간직해 온 세월에 대해서는 여전히 아무것도 모르지만

내가 시를 쓰려 함은
바로 한 장의 종이에 긁힌 상처가
어느새 흔적조차 사라지게 하겠다는 것이다

천천히

나는 천천히 써나갈 수 있다
소년 시절 일각의 유예도 없던 때와는 다르다
유년 시절은 흐르는 물처럼 지나가 버렸어도
고향은 원래대로 존재한다

나는 천천히 써나갈 수 있다
우리가 지나온 길과 봉우리에는
햇빛이 흘린 잔광이
차례대로 불을 켜는 램프가 있다

너는 천천히 보아라
모든 새벽과 황혼 그리고 몇몇 말들은
한번 떠나면 원래로는 돌아오지 못한다
너는 보았을까?
나는 천천히 걷고 그리고 쓴다
너의 커튼콜에 달려간다면
아직은 늦지 않았을까?

강의 흐름

두 줄기 강물이 그곳을 지난다
하나는 높은 산에서, 하나는 내 마음속에서 흘러나와
나는 그 영토를 지키는 파수꾼이다
한동안은 높은 산을 올려다보고 한동안은 마음속을 살
편다

높은 산은 꿈틀대는 기분을 때때로 억누르지 못하고
마음속을 향해 말한다, 자, 나가자
강의 흐름은 강의 흐름에 돌려주자

나는 결국 머무르고
온 강의 흐름은 모두 먼 곳을 향해 서두른다
높은 산은 여전히 존재하고
마음속은 여전히 존재하고
그러나 내가 지키는 영토는 이제 존재하지 않는다

해바라기

몇몇 꿈은 불가사의하다
푸른 풀 속에서는 실마리 하나 찾아내지 못하고
형제들은 사방으로 흩어져
길바닥을 헤매는 자 있어도
길잡이 해줄 사람은 없다

다음 만남은 어쩌면 기약할 수 없을지도 모른다
눈부시게 빛나는 해바라기는
누구의 것일까?
어느 오후
수풀 속에서 놀란 눈을 끔뻑거리는 잠자리의 것일까?

파란 딸기

파란 딸기가 거취를 망설이고 있을 때
한바탕 부는 바람이 어느 산마루를 부추겨
생각지도 못한 폭풍이 찾아왔다
그것을 해독解讀하려고 무진 애를 썼지만
헛수고였다

봄은 왔니?
어머니가 소식과 함께 보내온 이 물음은
아주 오래전에
겨울 햇살 위에 멈춰있다
물음은 필요했다
파란 딸기는 언덕 바깥으로 굴러가서
이리저리 흩어졌으니까

한밤중

1

한밤중이 다가오는데
너는 아직 오지 않는다
파란 포르셰는 바람처럼 달려 사라졌다
타고 있는 여자가 어렴풋이 보였다

이 한잔 술을 다 들이켜지 않아도 된다
이 한잔의 우정을 인정하지 않아도 된다
다만 그 밤의 흐릿한 모호함은
인정하지 않으면 안 된다

한밤중 불길한 벨 소리가 울렸다
너는 오지 않을 운명이다
나는 미친 듯이 춤추는 인파를 향해
휴대전화를 내던졌다
사람들은 앞다퉈
과거의 순진함 속으로 뛰어들었다

2

다음 역은 '여성 대스타'가 아니라
우한武漢의 하늘과 땅이다
정원의 길이다
한밤중이다
네온이다

네가 어떻게 날개를 펼쳐 날아오르는지를 보고
준비하자
행복을 향해 서두르는지 아니면 더 깊은 밤을 향해 서
두르는지

나는 원래의 장소에 멈춰 섰고
일단 서서 천 년이다
나는 그곳에 네가 우뚝 서 있는 모습을 보았다
미소는 마치
그날 밤 달빛 같다

3

괜찮다
나에게 고하는 소리가 들렸다
순진함은 이 밤의 것이 아니다
끊임없이 새로운 시작이 있다면
그것이야말로 끊임없는 순진함이다

비가 쏟아져 도시가 푹 젖게 될 때는
정확히 천 년 후
이 밤을 어떻게 할까
도취하고 싶다면 도취하여도 좋다
돌아갈 수 없는 것은 돌아가지 않는 법이다

어떠한 밤인가
어떻게 이어받을까
어떠한 도시로 존재할까

이별을 고하다

아직 완연한 봄이 아니다

네가 가슴 터질 듯 비통한 목소리로 불러도 아직 천 리 저편

마음속 얼마 남지 않은 서글픔이

남중국해를 빠져나가

운명이라 할 수 없는 피안彼岸을 향해 나아간다

다행히도 언젠가는 완연한 봄이 찾아올 것이므로

만개한 목화꽃은 거기에 피어있는 것이다

너에게 고한 것은 큰소리로 너에게 알린 것에 지나지 않는다

네가 왔구나

이를테면 큰 소리로 외치며 지나쳐갔다 할지라도

이 봄은 몹시 불안하다

이 정도의 바람에 두려워 어쩔 줄 모르는 봄이 어떻게 여름으로 넘어가려는지

소년이

고향의 작은 산에서 아득히 바라볼 때의 바다와 같다

손을 뻗으면 닿을 듯하지만
멀어서 닿지 않는다

봄은 반드시 온다고 말했지만
어쩌면 때에 맞지 않게 찾아왔다가
이미 멀리 떠났을지도 모른다
봄은 언젠가는 반드시 온다

구름은 끊임없이 층층이 쌓이고
소년의 여러 얼굴이 겹겹이 포개진다
오후에 잠에서 깬 청춘은
아직 이별을 고하기에 늦지 않다
그렇다 봄에게 이별을 고한다
소용돌이치는 구름 물결에게, 검푸른 바다에게 이별을
고한다

소원

한평생 켜켜이 쌓여가는 소원
찰나인 청춘을 그리워하는 것
오로지 너의 가장 좋은 날들을 위해
엎드려 절을 올린다

시간의 흐름 속에서
나는 평생의 생각을 글로 쓴다
그리움과 축복이
고요 속을 유랑하며 퍼져나가고
셀 수 없이 많은 밤을 안개와 함께
계속 끝없이 떠돌며 간다

나는 언제까지고
부처의 품에 있어
너희를 위해 축복하리라

봄 풍경

봄 풍경의 일부는 내내 거기에 있지만
대부분의 아픔은 모두 작년 겨울에 묻혀있다
눈에 보이는 집착은
날이 새기 전에 눈뜰 일은 없겠지만
깨어있는 꿈은 여전히 맴돌고 있다

축복

특별한 이 새봄에
일념을 다해서
일제히 피어나는 모든 꽃들을 축복하자
백합은 아침 일찍 잠에서 깨어
봄에 관한 온갖 소식을 데려와
어느 여름날 하늘하늘 피어나려고 가만히 기다리고 있다
하얀 새가 목장 하늘에 선을 그리며 어지러이 나는 모습이
사방에 울려 퍼지는 음악 속에서 보인다
세월 속 평야의 청록은 변함없이
우리가 저마다의 길을 열어나가게 한다
백합을 만개하게 하고 새를 하늘에서 선회하게 한다
모든 사람들에게 특별한 이 새봄을 선보인다

외조부——청명清明*에 사람을 회상하다 1

할아버지 이 조용한 밤
당신에게 어찌 호소하면 좋을까요
모두에게 관용을 베풀었던 당신의 관대함은
지금도 여전히 살아 있습니다
당신이 떠나간 날의 일이 선연히 떠오릅니다
허나 고난은 필요했던 걸까요
지금은 봄날
온 하늘을 뒤덮은 버들개지가
여닫이문의 격자창에 닿습니다
저는 무슨 일이 있어도 머리를 숙이고
당신은 여태껏 떠난 적 없으므로
축복을 받아야만 합니다
내 모든 세월에 온기를 가져다준
축복을 받아야만 합니다

〈옮긴이 주〉
* 청명(淸明) : 음력 3월에 드는 24절기의 다섯 번째 절기. 하늘이 차츰
  맑아진다는 뜻을 지닌 말이며, 음력으로는 3월에, 양력으로는 4월
  5~6일 무렵이다. 이 날 산소를 돌보거나 묘자리를 고치고 성묘를 가
  기도 한다.

쩡줘 선생——청명에 사람을 회상하다 2

당신은 낭떠러지 주변의 한 그루 나무만은 아닙니다
당신은 온갖 새 그리고 시가詩歌가 살아 숨 쉬는 삼림입
니다
당신이 부르는 늙은 뱃사람의 노래는
떠날 수 없는 강가의 도시에 언제까지고 머물러 있었
습니다
메말랐으나 도량이 큰 이 도시의 지혜가
아직 떠난 적 없는 것과 매한가지입니다

당신이 앉으면 안 될 기차는 없습니다
당신이 도달하지 못할 피안도 없습니다
부인의 거문고 음률 속에
당신과 사랑의 시구詩句는 이미 깊은 잠이 들어
당신은 다시 깨어날 리 없지만……

〈옮긴이 주〉
* 쩡줘(曾卓, 1922~2002) : 중국 후베이성(湖北省) 우안(武漢) 출신의
   저명한 시인.

88

멍란孟然──청명에 사람을 회상하다 3

봄 풍경의 일부는 내내 거기에 있지만
대부분의 고통은 죄다 작년 겨울에 묻혀 있습니다.
남겨진 구름과 무지개도
당신이 이 세상에 남긴 아름다움은 잘 기억하지 못합
니다.
하지만 오히려 깨어있는 꿈은 여전히 또렷합니다
멀어지는 등불
멀어지는 봄 풍경
그리고 당신에 대한 노래도
바람과 함께 사방으로 흩어집니다
그것은 당신과 관련된 창장長江 강의 물이든
아니면 누군가와 관련된 도시이든
어느 것도 중요하지 않습니다
중요한 것은
홀로 세상에 취했을 때도
당신의 얼굴을 똑똑히 기억한다는 것입니다

룽췐준米全君——청명에 사람을 회상하다 4

고향의 부드러운 흙은
여전히 우리의 미련을 다 매장하지 않았습니다
그대여 얼마나 많은 밤에
아직 그대가 이 땅을 지키고 있는 모습을
꿈에서 보았던지요
빗물도 그대가 떠나는 힘겨움을 줄곧 마음으로 호소하며
동틀 무렵부터 청명 때까지 내렸습니다
그대의 눈동자가 눈물로 흐려지고
그대가 남긴 열정과 분발은 날마다 생생하게 떠오릅니다
이렇게 우리는 굳게 믿고 있습니다
그대는 사실 내내 존재해 왔었다고
그대여 나는 내세가 있다고 믿기에
다음 세상에서도 반드시 또다시 그대와 형제가 되고 싶습니다

왜냐하면 · 그러므로

1
왜냐하면 내 그리운 마음이
다리 위에서 예기치 않은 비에 젖어
강물에 뚝뚝 떨어지는 날
생각해보면 그런 날에는 으레 바닷가에서
오랫동안 내리지 않던 빗방울을
만나게 된다
아니, 실제로는 한 방울이 아니다
정면에서 밀려오는 바닷물은
비가 변해서 만들어진 그리운 마음을 품고 있다
더구나 이제는 되돌리기도 어렵다
더구나 줄곧 마음속에서 되뇌고 있다
계속해서 마음속에서 되뇌는 것이다
반드시 기억해야만 하는 사랑이란 바로
저 만湾, 저 석양, 저 미풍이 모든 것을 기억한다는
듯……

2
왜냐하면 가을이라서

왜냐하면 밤이라서
왜냐하면 감동이라서
왜냐하면 불렀으니까
왜냐하면 작은 목소리라서
왜냐하면 전부터 알던 목소리 같아서
왜냐하면 시간이라서
왜냐하면 내일이라서
왜냐하면 말 한마디가 시가 되니까
이별을 고하며 두 손을 흔들지 못하는 것은
꿈꾸는 동경을 새벽이 뿌리치지 못하는 것과 같다

　　3
왜냐하면 오후에 바삐 돌아다니던 청춘이었기에
나는 근성을 또렷이 기억하고 있다
왜냐하면 산에 하늘하늘 만개한 철쭉이었기에
나는 정열을 또렷이 기억하고 있다
왜냐하면 목이 메어서 한 인사였기에
나는 진심을 또렷이 기억하고 있다
왜냐하면 항구에 오랫동안 대기했었기에

나는 후회하지 않았음을 또렷이 기억하고 있다
왜냐하면 사랑이었기에
나는 사랑을 또렷이 기억하고 있다

잊다

겨울이라는 이유로
배신이 습관이 되어
마침내 도시의 네온은 나를 두고 떠나버리고
예상치도 못했던 이별이
길거리를 서성였다
싸늘한 가로등이 차례차례 꺼지면
과거를 생생하게 볼 수 있었다
그곳에선 도무지 이해할 수 없었지만
확인할 수 있었던 사실은
우리가 결국에는 나이 먹어 가고
모든 배신을 잊는다는 것이다
마치 겨울이 눈을 잊어버리듯이
그러고 보니 나이 먹은 날이 마침 겨울이라서
지극히 평범한 겨울이라서
마음에 아무 울림 없는 겨울을 향해
눈이 흩날리는 것을 보고 있다

변방 도시

오늘 휴대전화는 부끄럽다
오늘 떠들썩함은 창피하다
오늘 달빛만은 남아있다
오늘 변방도시의 시가詩歌만은 남아있다
몇 세기 전부터 읊어 내려와 지금에 이르렀다
'포도미주야광배'*를 후세에 전할 수는 있다
술이 열여섯 차례 돌고 나서 다시 내가 하는 말을 들어
준다
　검은 눈의 소녀들에 대하여
　나와 형제들에 대하여
　몇 세기 전에 이미 잃어버린 그것들
　달빛에 대하여
　변방의 그 도시가 품은 기이한 전설에 대하여

〈옮긴이 주〉
* 포도미주야광배(葡萄美酒夜光杯) : '포도로 빚은 좋은 술에 술잔은 야
　광배'라는 뜻으로, 중국 당(唐)나라 때 시인 왕한(王翰)의 한시 「양주
　사(涼州詞)」의 첫 구절이다. 야광배(夜光杯)는 백옥으로 만든 술잔을
　말한다.

악기의 울림

나는 내가 투명하고
말馬이 투명하다는 사실을 발견했다
나의 사랑
나의 분주함은 투명하다
산과 들을 채우는 악기의 울림도 투명하다

초원

어째서 초원은 죄다 비탄에 잠긴 노래인가
무슨 이유인지 나의 그녀는 이미 멀리 떠나버렸다오

썰물

멀리 떠나버린 것은 바다
전에는 손을 뻗으면 닿았던 감정
절망의 꽃잎이 끊임없이 주위에 흩어지면
선명히 보이는 길을
어디서도 찾을 수 없다

용서하든 거부하든
어느 쪽이라도 필요한 타협이다
마치 어제의 썰물을 거부하려는 암초처럼
설령 이미 지난 일일지라도
조금 남은 온기는 아직 머물러 있다
날카롭게 그리고 선명하게

보리수

나는 보리수 아래에 앉아
돌이 된다
지나가 버린 일생을
그리워하며
아니면 다가올 일생을
떠올리며

IV

찬미

봄에 처음 쓴 시를
너에게 보내려 한다
그리운 마음과 성장과 칭찬을 시로 써서
너에게 보내고 싶다
햇빛은 적당히 상쾌하다
시간은 어쨌든 지금까지 한 번도
멈춘 적이 없었지만
나는 역시
가장 이른 봄날에
첫 시를 너에게 보내려 한다
어쩌면 봄에 대한 두 번째 시는
더 이상 쓸 수 없다 할지라도

결말

모든 것이 갑자기 멈췄다고 생각하니
어찌 이리 김빠진 결말인가

그 겨울
첫눈이 내리기 전에
작별인사를 했던 걸까
전혀 알아채지 못했던 관계도
선명하게 보인다

봄이 오기 전 늦지 않게 잘 맞췄지만
주변에 잔뜩 흩어져 있던 낙엽의
어느 한 이파리에서 생겨난
그리운 추억이
밀물처럼 밀려왔던 걸까
아무도 기억나지 않는다

여름날의 바다는
하늘과 맞닿은 곳까지 이어져
끝없이 눈앞에 펼쳐져 있다

그 후에
알았다
서로 아득히 떨어져 있다는 것은
너를 떠올리는
그 한순간에
지나지 않음을

열차

동쪽으로 가는 열차에 오르자
마을은 눈 깜짝할 새에 스쳐 지나갔다
수확하러 나간 아버지에게
떠난다는 말을 할 상황이 아니어서
인사도 못 하고 왔다
날아가는 듯 빠른 속도였다
도시가 보이기 시작하고
온통 부옇게 보인다
가슴 한쪽에서 아픔이 느껴진다
순식간에 멀어져 간 숲
먼 산을 지긋이 바라볼 수도 없었다
터널을 빠져나오자
어린 시절의 내가 보인다
열차를 뒤쫓아 오며
즐거운 듯이 소리친다
아무런 고민도 없다는 듯이 즐겁게 소리를 지른다

늙다

내가 늙어버리면
네 젊은 시절의 얼굴 모양만 기억하겠지
아마 네가 그때 떨어져 있었던 일도 떠올리겠지
아픔은 이미 사라졌다
게다가 흡족하게 미소를 지을 수도 있다
네가 떠나간 후의 모든 일이 나와는 상관이 없다
참으로 홀가분하다
진정으로 많은 것들이 나와는 상관이 없다

조국

나는 내 조국이 얼마나 큰지 모른다
전 국토를 빠짐없이 다 가보려 해도 갈 수 없고
적어도 전 도시를 다 가보려 해도 쉽지 않다
그러니까
내 고향이야말로 내 조국이나 다름없다
내게 온기를 주는 도시야말로 내 조국이나 다름없다
내게 감동을 주는 산천이야말로 내 조국이나 다름없다
나는 내 고향을 더없이 사랑한다
나는 내게 온기를 주는 모든 도시를 더없이 사랑한다
나는 내 마음을 설레게 하는 산천을 더없이 사랑한다
그래서
나는 이런 식으로 내 조국도 더없이 사랑한다
그래서
나는 축하하는 자리나
즐거운 모임에서
반드시 내 조국을 축복한다
그것은 우리 고향을 축복하는 것과 마찬가지다
그렇게 진심으로
그렇게 마음속 깊이
굳게 믿으며

시간

과거는 영원히 빌릴 수 없다
미래는 예기치 않게 마주친다

과거

좋아, 말로는 표현하기 힘든 두려움을
묘사해보자
봄이 멀어져 갈 때
시작된 두려움을

도시의 네온사인은 점점 빛이 흐려졌다
너도
뇌우도
맴돌다 흩어진 것들도
그렇잖아? 뿔뿔이 흩어진 낙엽은
찾아낼 방도가 없지 않나

좋아, 그것을 묘사해보자
묘사해보는 거야
순식간에 지나가 버린
과거를

솔직한 고백

꿈을 통해 과거의 이런저런 일들에
몰래 들어가더라도
전부를 잴 수는 없다
깊이를 잴 수는 없다

너의 흔적이라면
그런 과거 안에는 분명히 없을 터
그렇다면 어떻게 너를 찾으러 갈까
백합 향기에만 의지하기에는
충분하지가 않다

그래서 나는 너의 두 손을 잡고
솔직하게 고백한다

시작

시간은 몸을 비스듬히 기울인 채 지나가는데
우리의 소식을 탐색하려 하지만
이미 늦었다
그런 연유에서
역시 우리는 마을에서부터
시작하기로 하자
풀이 무성하고 휘파람새가 날아다니는 곳에서부터 시
작하자
어설픈 말은 이제 거기에 해당하지 않는다 할지라도

희망봉

더 멀리까지 항해하려면
결국 대안対岸이 필요하다
정박을 위해 사용하고
보급을 위해 사용한다
감정이 메마르지 않도록
달아난다

희망봉 바위가
피운 꽃은 흰색일까
아니면 투명할까
아직 잘 모르겠다
다만 어떤 꿈의 목소리만이
아직 뚝뚝 떨어진다
한 방울 한 방울
시간의 그림자와 꼭 닮았다

흰색 기념비를 찬성해도 좋지만
그러나 어느 누구도 이유를 들으려 하지 않는다
가령 깨끗한 마실 물이 눈앞에 있어도

상륙한 사람들은
아무런 관심이 없다
오로지 아프리카 대륙 쪽을 바라보며
맹렬한 속도로 달려가고……

그대로——
희망봉이
어디에서도 보이지 않을 때까지

남아프리카 · 개미

식물은 세세한 부분에 연연해 하지 않는다
동물은 아주 조금
그저 개미만이 고심하여
자신의 궁전을 만들고 사계절 내내 봄처럼
그렇게 하면서 자화자찬한다
그렇게 하면서 남의 눈치를 보지 않는다

세상

세상에 대해 내가 아는 것은 아주 적다
숨겨진 거래는
시간의 커튼콜에 응답한 후 등장하므로
실제적인 존재를 제대로 기억해 두든지
그렇지 않으면 아무 흔적도 남기지 말든지
애초에 망각은 존재하지 않으니까
왜냐하면 세상에 대해
내가 아는 것은 아주 적기 때문이다

공양

그 후 공양이 이렇게 변변치 않아질 거라고
너는 상상도 못 했을 것이다
너와 함께 파묻힌 노력과 항거에도
생각이 미치지는 못했다

공양이 이처럼 변변치 않다면
네 눈앞의 들꽃을
불어가는 바람을
아침 이슬을
네가 아직도 잊지 않은 사람이라고 생각한다면
너에 대한 공양이다
비록 지금은 그들의 행방을 알 수 없게 되었을지라도

자유로운 이야기

아이에 관해서만
너와 자유롭게 이야기를 나누고 싶다
눈 녹은 뒤 들판에 대해서만
이런저런 이야기를 나누고 싶다

역시 우리 자유롭게 이야기하니 좋다
우리가 아직 아이였을 때
이리저리 뛰어다닐 때
아무런 거리낌이 없었음을
자유롭게 이야기하자

역시 우리가 아이와 직접
자유롭게 이야기하니 좋다
그 아이들의 몇 차례 만남에 대해
자유롭게 이야기하니 좋다

나는 그런 내용만을 자유롭게 이야기하고 싶다
왜냐하면 그 밖의 일에 대해서는
어떤 잡담도 나누고 싶지 않으니까

눈꽃

눈꽃은 어느 것이나 어루만져 주어야 한다
눈은 때로는 부드럽고
때로는 쇠처럼 단단하다
눈은 이처럼 사람의 마음을 헤아리므로
어루만져 주어야 한다

눈꽃일지라도 기다려주지 않는다
눈이 멀리 가버리기 전에
충분히 어루만져주자
왜냐하면 돌아오는 시기를
우리는 알 수 없으므로

야푸리* · 폭설

폭설만큼은 절대로 망치게 내버려 둬서는 안 된다.

〈저자 주〉
* 야푸리: 하얼빈 동남쪽 200킬로미터쯤의 샤오싱안링(小興安嶺) 산맥
  에 있는 스키장

보석

보석에게 위로는 필요 없다
추운 겨울이 차츰 물러가면
뒤섞인 나뭇잎과 가지는 땅속으로 깊이 들어가지만
아직도 냉랭하고 스산한 생각은
조금씩 진정되어가는 가까운 영혼을
침입하여 소란을 피운다

그리고 암석이 되면
딱딱한 뼈는 모두 사라져 흔적도 없어지고
마치 초가을처럼 메말라
넓게 퍼질러져서 하릴없는 나날을 보낸다

마지막에는 아주 조금 남은 숨이
암석의 마음속에 스며들어
때마침 바닷물 한 방울이 지나가면
바닥까지 고요한 조수 간만과
때로는 밝고 때로는 어두운 달빛이 남아 있다
진흙 속에서
바위의 층 속에서

영혼을
단단하게 바꾸고
허무로 바꾸고
위로가 필요하지 않게 바꾼다

돌

돌은 때로는 부드러운데
왜 부드러운지
우리는 이해할 수 없다
그 돌이 옛일을 떠올렸는지도 모른다
사실은 알고 있을지도 모른다
우리의 어떠한 노력이
결국에는 전혀 보람 없는 헛수고가 되리라는 것을
돌은 봄바람을 향해
살짝 웃어 보였을 뿐일지도
모른다

도시

도시에 대해 내가 아는 것은 미미하다
도시가 숨기고 있는 왕래는
골목에서 갈지자로 변한다
구름다리와 지하철 입구에는
성대한 쇼가 펼쳐지지만
마치 온 세상에 폭설이 온 듯
어떤 생기도 없고
과거와는 아무런 관계도 없다

어느 어느 도시는 중요하지 않다고
어찌 말할 수 있을까
마치 대대로 전해 내려오는 문화유산처럼
아직 온기를 유지하고 있다
하지만 그것을 어루만지기 위해 오는 사람은
결코, 그것을 찾아낼 수 없다
사람이 오기만 하면 된다
길모퉁이 아니면 골목이든
환승 아니면 단기 체류이든
어느 쪽도 중요하지 않다

그다음이 보이지 않는 관계는
서로 어깨를 스칠 때마다
숙취를 느낄 때마다
깨끗이 잊혀진다
이 도시에 지난해 내린 눈처럼
그 성대한 쇼처럼
불꽃놀이, 무지개, 붉은 입술, 맛 좋은 술……
하나 또 하나 흔적도 없이 녹고
그렇다면 그곳에 다시 와서는 안 되는 것이다

온기

저렇게 많은 시간
저렇게 오랜 세월
저 매미 소리
저 산림
저 눈꽃
저 바다
전부 있었다

그 겨울
그 소년
그 조수 간만
그 길모퉁이
그 단란함
그 이별
모두
그렇게
온기가 있었다

무슨 일이 있어도 우리는 열정을 이야기하고

감동을 이야기하고
어구에 대해 이야기하여
온기를 위해 이용하라
아직 소년이었을 적의 울고 있던 매미를
아직 떨어지지 않은 눈꽃을
달빛에 비춰인 바다를

해설 겸 옮긴이의 말
한성례

검을 짊어지고 떠난 소년의
시적 탐구 여행

한 성 례

사람은 누구나 소년기를 거쳐 어른이 된다. 완전히 성
숙하지는 않았지만 인생의 우주를 잉태하는 시기다. 우
리는 누구나 다시는 그곳에 돌아가지는 못할지라도 그
때를 그리워하며 자신만의 소년을 가슴속에 품고 평생
을 살아갈 수 있다.

옌즈 시인 또한 항상 자신의 자화상인 그 소년을 불러
내어 대화하고 격려하고 위로받는다. 소년은 한 그루 나
무였다가 거대한 산봉우리가 되기도 하고 개울물이었다
가 드넓은 호수가 되기도 한다. 이 시인에게 소년은 흘
러가는 시간을 묶어두는 방식으로서도 작용한다.

일찍이 검을 짊어지고 떠난 소년의 발길을 따라 여전
히 옌즈 시인의 시적 탐구 여행은 계속되고 있다.

이 시집 『소년의 시』의 중국어 원제는 『소년사少年辭』

(2016년)이다. '사辭'는 문체의 형식 중 하나로 『초사1)』의 흐름을 잇는 운문韻文이다. 예를 들면 전한2)의 무제유철3)이 지은 '추풍사'4), 동진5) 말 도연명6)이 지은 '귀거래사'7)가 있다.

한국어 시집에서는 이 '사辭'를 '시詩'로 바꿨다.

〈펑파이澎湃뉴스〉의 홍얀화洪燕華 기자의 2018년 3월 7일자 기사에 따르면, 옌즈 시인은 2월 28일 야푸리8)에서

---

1) 초사(楚辭) : 중국 초나라 굴원(屈原)이 쓴 사부(辭賦)의 작품을 이어받은 굴원의 제자 및 후인들이 주로 굴원의 작품을 모아서 엮은 책. 전한의 유향(劉向)이 16권으로 편집하였다고 하며, 후한 때 왕일(王逸)의 「구사(九思)」를 합하여 총 17권.
2) 전한(前漢, BC202~AD8) : 중국의 고조 유방(劉邦)이 진(秦)나라를 멸한 후 세운 왕조. 수도는 장안(長安).
3) 무제유철(武帝 劉徹) : 중국 전한(前漢) 제7대 황제(BC156~BC87, 재위 BC141~BC87). 중앙 집권을 강화하고 흉노를 외몽골로 내쫓는 등 여러 지역을 정벌하였으며, 중앙아시아를 통하여 동서 교류를 왕성하게 부흥시킨 황제.
4) 추풍사(秋風辭) : 중국 한나라 황제 무제가 지은 작품. 허둥(河東)에 가서 후토(后土)에 제사 지낸 후 여러 신하들과 술잔을 기울이며 읊은 문장.
5) 동진(東晉, 317~420) : 중국의 서진(西晉) 왕조가 유연(劉淵)의 전조(前趙)에게 멸망한 후, 사마예(司馬睿)에 의해 강남(江南)에 세워진 진(晉)의 망명 왕조. 서진과 구별하여 동진이라 칭함
6) 도연명(陶淵明, 365~427) : 중국 동진 후기에서 남조 송대 초기까지 살았던 시인. 중국 육조시대를 통틀어 가장 위대한 시인 중 한 사람.
7) 귀거래사(歸去來辭) : 도연명이 지은 산문시. 도연명이 13년간의 관리 생활에 종지부를 찍고, 향리에 돌아가 이제부터 은자의 생활로 들어간다는 선언을 의미하는 작품.
8) 야푸리 : 이 시집에 수록된 시 「야푸리 · 폭설」과 동일한 지명.

열린 중국기업가논단 제18회 연차 총회에서 「중국 비즈니스 정신」이라는 논제를 대신하여 자신의 「40년에 보내는 편지」를 낭독했다. 세 편의 시와 함께 시인에서 사업가로 변모해 온 46년의 인생을 돌아본 글이다. 그 내용을 소개하는 것으로 해설 및 옮긴이의 말을 대신하겠다.

이 시인에게 시의 길이란 사업가의 길과 다름 아닌 까닭이다

옌즈 「40년에 보내는 편지」 전문

2019년은 중국의 개혁개방[9] 40주년이고, 야푸리 중국기업가논단도 한 단락을 가름하는 시기를 맞이했습니다. 이 자리에서 저는 40년 동안의 제 마음의 행보를 돌아보고자 합니다.

저는 올해 46세입니다. 6세부터 기록을 해봤더니 이 40년은 잘 융합된 형태로 지금까지의 제 성장과 생활의 전 과정을 관철하고 있었습니다.

---

9) 개혁개방(改革開放) : 1978년 이후로 진행되고 있는 중국의 기본 정책. 정치경제체제 개혁과 국내시장의 대외개방의 두 축이다. 각 가정의 농업 경영, 기업 자주권 확대, 시장경제 추진, 외국자본과 기술 도입 등이 주요 내용이다.

저는 다볘산 지구地區의 시골 마을에서 태어났습니다. 아버지는 당의 말단 간부로 임업에 종사했고, 어머니는 솜씨 좋은 수공업자로 재봉틀 자수 일을 했습니다. 제 위로 누나 다섯 명이 있었습니다. 이른바 중국에서 흔히 보는 시골 산간마을의 평범한 가정이었습니다. 부모님과 형제들은 내게 모든 따스함과 소중한 것들을 아낌없이 주었습니다. 지금도 눈을 감으면 어디서든 소년 시절이 떠오르고, 시골 마을의 나무 한 그루, 풀 한 포기, 등하굣길에 발로 걷어찬 길가의 돌멩이, 심지어는 점프해서 손으로 떨어뜨린 나뭇잎까지도 기억하고 있을 정도입니다. 아버지의 사무용 책상에 놓여 있던 책도 떠오릅니다. 『삼중전회[10] 이래의 중요문헌선집』이라는 책이었습니다.

지금 생각해보면, 사실 소년 시절의 우리 집은 아이가 많아 몹시 가난했습니다. 아버지는 연말이면 늘 자신이 속한 조직에서 빚을 내어 해를 보내고 새해 준비를 해야만 했습니다. 그때가 지금도 뇌리에 남아있습니다. 그후 집에서 돼지를 사육하고 밤나무 모종을 심어 겨우 생활이 나아졌습니다. 시골 마을이라 인구가 많지 않아서 인간관계는 단순 명쾌하고 훈훈했으며, 온 동네가 한 집

---

10) 삼중전회(三中全會) : 1978년 12월에 개최한 중국공산당 제11기 중앙위원회 제3회 전체회의의 약칭. 이 회의에서 개혁개방노선으로의 전환이 이뤄졌다.

처럼 서로 잘 알고 지냈습니다.

1980년대는 새로운 생활이 시작되었다 해도 그뿐이고, 항상 변화했고, 항상 희망을 품었고, 항상 따스함을 느꼈습니다. 몇 해 전 고속철도를 타고 다볘산 지구를 지날 때 「열차」라는 시를 썼습니다.

이 시는 제 시집 『소년의 시』에 수록되어 있습니다. 그렇습니다. 저는 결국 시골 소년이며, 영원히 시골 마을의 소년이며, 진심으로 그러기를 희망한다는 것입니다.

중학생이 되고부터는 책을 좋아하여 독서에 매달렸습니다. 가장 애독했던 책은 당대 최고의 인기를 누린 진융[11]의 무협소설이었습니다. 2학년 때 친구들과 자전거로 현청이 있는 대도시까지 갔던 것은 순전히 진융의 『의천도룡기』[12] 한 권을 사기 위해서였습니다. 그 후 시를 쓰기 시작했습니다. 고등학교 1학년 때 실연을 겪고서 장시 「시의 연가」를 썼습니다. 그것이 제가 최초로 쓴

11) 진융(金庸, 1924~2018) : 중국의 무협소설을 대표하는 작가. 『사조영웅전(射鵰英雄傳)』, 『천룡팔부(天龍八部)』 등 세계의 중국어권에서 당대 최고의 인기를 누렸으며, 대부분의 작품이 영상화되었다. 한국에서도 많은 작품이 번역되었다.

12) 의천도룡기(倚天屠龍記) : 진융이 1961년에 쓴 일곱 번째 무협소설로, 『사조삼부곡(射雕三部曲)』 중 『사조영웅전』과 『신조협려(神鵰俠侶)』를 잇는 마지막 작품. 한국에는 1986년 『소설 영웅문』 3부작으로 고려원에서 처음 번역, 출간되었다.

시입니다. 아쉽게도 지금 그 시는 찾을 수 없습니다. 학교 문학 서클의 대표가 되어 17세 때 현에서 간행하는 신문에 처녀작을 발표했고, 18세에 첫 시집 『풍운風雲』을 출간했습니다.

그렇게 해서 저는 문학청년이 되었습니다. 지방사地方史 편집, 문학 관련 출판물 편집, 신문사 기자로 근무하면서도 내내 문학의 꿈을 품고 있었고, 대시인이 되는 것을 상상했고, 그래서 책과 가장 관련 있는 서점을 열고 싶어 했습니다.

그러나 1990년대의 중국은 말할 나위도 없이 한창 전환기를 겪는 중이었습니다. 시에 대해 묻는 사람도 없었으며, 시인은 집을 마련하지도 못하고, 도회지에서 살 집이 없으니 애인도 만날 수 없다고 여겼습니다. '샤하이下海(공무원이나 회사원 등 봉급생활을 그만두고 장사를 시작한다)'는 1990년대 중국에서 출현 빈도가 가장 높은 말이었습니다. 당시 저는 신문사에서 재정경제기자 및 편집을 하고 있었는데, '자더[13] 바겐세일', '푸싱[14]과학기술',

---

13) 자더(嘉德): 1993년에 설립한 중국 최대의 미술품 경매 회사.
14) 푸싱(復星) : 1993년에 궈광창(郭廣昌, 1967~)이 설립한 회사. 1989년 푸단(復旦)대학교를 졸업한 후, 1992년 상하이의 투자 및 창업 열기에 착안, 컨설팅 및 시장조사 회사를 설립했고, 1993년에는 모교의 생명과학연구소의 간염 진단 시약을 상품화하면서 바이오산업으로 확장했다.

'인터넷 고속회선을 시작하다'와 같은 기사를 내보내고 있었지만 저는 여전히 시인이고 기자이며 빈털터리였습니다.

1999년에 생활의 양식으로서, 출판업자로서 『앤디 라우[15]의 도피행—천신의 왕 앤디 라우劉德華』라는 책을 써서 원고료 2만5천 원元을 받았습니다. 그 돈으로 빚을 청산하고, 휴대전화를 구입하고, 집을 얻어 제가 업무 내용을 가장 잘 알고 있는 회사—광고회사를 차렸습니다. 제 나이 24세 때였습니다. 당시 저는 『회사법 해독解讀』이라는 책을 탐독하며 어떻게 회사를 설립할지를 연구했습니다.

1990년대와 2000년대는 열혈의 시대였습니다. 그러나 끊임없이 질적 변화가 일어났던 재생의 시대이기도 합니다.

1인 회사 또는 몇 명이 모여 일하는 회사가 발 닿는 곳마다 있었고, 그런 회사는 수도 없이 등장했다가 수도 없이 망했으며, 또다시 수도 없이 등장했습니다. 시류의 거대한 물살 속에서 초심을 지키며 크게 성공한 전문 업종의 회사는 극소수였습니다. 대부분의 회사는 제가 그

---

15) 앤디 라우(Andy Lau, 1961~) : 홍콩의 영화배우 류더화(劉德華)의 영어 이름. 영화배우, 가수, 영화제작자, 영화연출가.

랬듯이 부단히 바꾸고 부단히 조정하며 적응했습니다. 바로 앞의 한 해밖에 눈에 보이지 않았습니다. 다음 해를 위해 분투하고 있는 사람의 모습은 보이지 않았습니다.

'쒀얼卓尔[16] 광고회사'를 설립하고 나서 2년 만에 당시 후베이 성 최대의 광고회사로 올라섰습니다. 저 또한 중국에서 가장 빨리 기사형식의 광고를 만들어내는 주요 필자였습니다. 하지만 당시 광고업계는 갑과 일을 하고 있어도, 을과도 일을 해야 하는 시대였습니다. 그런 상황이어서 가전제품 브랜드 광고 원고를 써서 간신히 거래처를 늘렸다 해도, 그에 더하여 미디어에서 좋은 위치와 좋은 가격을 추구해야 했습니다. 이를테면 한 소주 브랜드가 수천만 규모의 매출이었던 것을 피나는 노력을 해서 수억으로 올려놓았다 하더라도 눈을 떼는 순간 바로 불리해지고, 상대방은 다른 광고회사로 고개를 돌려 버립니다. 여기에 존엄이나 예의는 아예 존재하지 않습니다. 그러한 쓰라린 경험을 통해 사업을 결심했습니다. 사업도 어려움의 연속이었지만, 차례로 주조공장, 학교, 제약공장을 경영했습니다. 그러나 그 시절부터 현

---

16) 쒀얼(卓尔) : 번체자로는 '卓爾'. 높고 빼어나며 출중한 모습을 뜻하는 말. 『논어』 자한편(子罕篇)에 안연(顔淵)이 스승인 공자에 대해 '스승님은 저 높은 곳에 우뚝 서 계신다.'라고 했던 말에 들어 있는 어휘. 옌즈 시인은 중국의 최대 서점 중 하나인 '쒀얼(卓尔)서점'도 경영하고 있다.

재까지 이어지는 분야는 방적 사업뿐입니다.

방적 사업은 그다지 이익이 남지 않아 부동산업을 시작했습니다. 부동산은 큰 자본이 필요하지 않았으므로 토지·가옥·공장 등의 부동산과 공업단지를 두루 사업 아이템으로 삼았습니다. 그러나 상장을 한 후에 부동산의 평가가격이 내려가 저희 회사는 인터넷 전자거래 플랫폼을 만들어 경영했습니다.

오늘은 펜을 들고 여기까지 썼습니다만, 마치 스무 살쯤의 청년이 산속을 더듬거리며 산을 오르다가 갑자기 광활한 곳으로 나와, 밝은 빛을 받는 느낌입니다. 지금 숲을 헤매며 도저히 길을 찾을 수 없다 해도 조금만 오르면 곧 산 정상에 섭니다. 자신이 오른 곳이 높은 봉우리라고 생각하고 주위를 둘러보면 그곳에도 높은 봉우리가 숲을 이루고, 자신은 낮은 산에 서 있음을 이윽고 발견하는 것입니다.

또한 이상을 추구하고 꿈을 품었던 문학청년이 시대와 사업에 의해 머리가 벗겨지고 배가 나온 중년의 창업자로 바뀐 모습이 눈에 보이는 듯도 합니다.

2016년 〈연간 10대 경제인〉으로 제 이름이 발표되었을 때, 사회자가 제 시 「보석」을 낭독해 주었습니다.

편안하게 성공한 사람은 한 명도 없습니다. 또한, 한 번도 실패한 적이 없다고 자신 있게 말할 사람도 없습니다. 두려움에 떨고 힘든 일을 겪을지라도, 다행히 우리는 모두 부모님의 보석이며, 우리 자신의 보석입니다.

2017년 후반, 중국은 새로운 시대로 들어섰고, 2018년은 개혁개방 40주년입니다. 저 또한 저와 저희 쥐얼 그룹을 위해 청사진을 그리고 있습니다. 불혹도 6년이나 지났습니다. 방향성이 확실한 일을 하고, 자신에게 즐거운 일이 타인도 즐겁게 해줄 수 있다고 생각되어 그러한 일을 하고 싶습니다. 첫 번째는 지혜를 바탕으로 천하의 장사로 연결하는 것입니다. 소모품, 농산품, 대량생산상품을 위한 기업 간 거래 플랫폼을 구축하고, 인터넷, 물류망, 인공지능 등의 시스템을 통한 교역을 하거나 거래처를 연결하고, 부동산, 물류에 편의를 제공하고, 연결 관리, 금융 등의 서비스를 제공하고, 새로운 영업 방식을 구축하고, 거래 효율을 높여서 거래 비용을 절감할 것입니다.

두 번째는 지혜를 바탕으로 차원 높은 생활을 만드는 일입니다. 우리의 면방적업, 비행기 제조, 관광서비스, 금융서비스 등 이미 갖고 있는 자산을 뛰어난 것으로 변화시켜 사람들의 새로운 생활 스타일을 구축하고, 사람들의 차원 높은 생활에 대한 동경심을 만족시키는 일입니다.

'지혜를 바탕으로 천하의 장사로 연결하는 일', 지혜를 바탕으로 차원 높은 생활을 만드는 일'이라는 이 두 가지 명제는 우리가 하고 있는 일, 하려고 하는 일을 매우 명료하게 말해줍니다. 이 두 가지 말을 묶은 것이 쥐얼 그룹의 가치관입니다. 처음에는 광고 회사를 운영했고, 지금은 은행을 경영하고, 비행기를 제조하고, 거래 플랫폼과 여행서비스 프로젝트를 운영하고 있지만 어떤 일이라도 고객을 위해 가치를 창조해야 한다고 저나 회사의 구성원들은 항상 생각하고 있습니다.

시간은 무엇보다도 냉엄합니다. 역사는 그 모든 것을 수확하게 될 것입니다.

저는 지난해 10월, 시골집에 가서 어머니가 재건을 바라는 사원에서 「바람을 듣다」라는 시를 썼습니다.

바람을 듣다

고향의 산과 산이 늘어선 곳에
나는 작은 사원을
짓고 싶다

그곳에서는 아침 종소리, 저녁 북소리가 때를 알리겠지만
결코 과거는 만나지 못하리라
타인들은 다 용서했다
내 자신에 대해서도 용서했다
독경 내용을 이해하기는 쉽지 않다
다만 대다수의 근행[17]은 오로지
아이들과 모든 선량한 사람들을 위해 행운을 빌어주는
일이다
쓸쓸하게
풀이 바람에 흔들리며
다부지게 자라는 모습을 보면
바람이 불어간 후
뒤이어 반드시 햇빛 아래 풍경(風鈴)이 울리기 시작한다
그럴 때면 산기슭 고향을
찾아갔을 때가 문득 떠올라
지금도 무심코 가슴이 두근거린다
그러니 바람이 멈출 때까지는
좀 더 오래 독경을 읊고 있었으면 한다

중요한 것은 아직 바람이 불고 있다는 것입니다. 걱정
이 있다는 것입니다. 구애되는 일이 있다는 것입니다.

40년 단락을 가름하는 문턱에 서서 우리들은 보다 또

---

17) 근행(勤行) : 시간을 정하여 부처 앞에서 독경하거나 예배하는 일,
또한 부지런히 선법(善法)을 행한다는 뜻의 불교 용어.

렷하게 볼 수 있습니다. 보다 느긋하게 자리 잡을 수 있습니다.

들어주셔서 감사합니다.

이 시집은 옌즈閻志 시인의 요청에 의해 일본어 번역시집(『소년의 시』, 2019년 시초샤思潮社 간, 다케우치 신竹内新 일역)을 한국어로 중역했다.

누구에게나 종점이란 결국 출발점이다. 옌즈 시를 읽다 보면 출발점에 두고 온 자신의 소년과도 재회하게 될 것이다.

최근의 현대시에서는 보기 드물게 음률, 리듬, 각운이 살아 있는 옌즈 시인의 격조 높은 시가 한국에서도 널리 사랑받기를 바란다.

옌즈(阎志)

1972년 후베이 성(湖北省) 뤄톈 현(羅田県)의 작은 마을에서 태어나, 중학교 때부터 문학에 심취하여 18세 때 첫 시집『풍운』을 출간할 정도로 천부적인 문학성을 가졌으며, 격동의 시대 상황 속에서 진화를 거듭해온 중국현대시에서 대표적인 시인이다.

1988년부터 본격적인 시인의 길을 걷기 시작하여《인민일보》《문예보(文芸報)》《시간(詩刊)》《중국작가》《청년문학》등 여러 신문과 다양한 문학지에 많은 작품이 발표되었다.

2007년도 중국시조(詩潮)상, 제2회 창장(長江)문예·완미(完美)문학상, 2008년 전국 시가(詩歌)그랑프리 일등상, 2009년 제2회 쉬즈모(徐志摩) 시가상, 제5회 후베이(湖北) 문학상, 제8회 굴원(屈原) 문예상, 2015년 빙신(冰心) 아동도서상 등을 수상했다.

시집『내일의 시편』『옌즈 시집』『만가(挽歌)와 기념』『소년의 시』『소년 방랑을 떠나다』『풍경(風磬)』『낙엽의 전설』『어렸을 적의 새』『다볘산(大別山) 이남』『샤오웨이(小维) 옛날 이야기책』등 10여 권과 그림책 등의 저서가 있으며, 해외에서 영어판, 일본어판, 몽골어판 등의 시집이 출간되었다.

시문학지《중국시가》의 편집주간을 맡고 있고, 매년 후베이 성 우한(武漢) 시에서 성대하게 열리는 '우한 시 축제(武漢詩歌節)'의 총괄책임자로서 이 국제문학행사를 이끌고 있다.

우한대학교 대학원에서 중국 전통문화 연구로 박사학위를 취득한 후, 출판사 근무, 신문기자, 광고회사, 학교경영 등을 거쳐 40대부터 사업가의 길로 들어섰고, 현재 우한의 쥐얼(卓尔) 그룹의 회장으로서, 문학 창작과 실업가의 길을 병행하고 있다.

옮긴이 한성례

1955년 전북 정읍 출생. 세종대학교 일문과와 동 대학 정책과학
대학원 국제지역학과 일본학 석사 졸업. 1986년 《시와 의식》 신인
상으로 등단했고, 한국어 시집 『실험실의 미인』 『웃는 꽃』, 일본어
시집 『감색치마폭의 하늘은』 『빛의 드라마』, 인문서 『일본의 고대
국가 형성과 만요슈』 등의 저서가 있으며, '허난설헌 문학상'과 일
본에서 '시토소조 문학상'을 수상했다. 번역서 『세계가 만일 100명
의 마을이라면』 『붓다의 행복론』 등이 중고등학교 각종 교과서에
수록되었으며, 소설 『파도를 기다리다』 『백은의 잭』 『오래된 우물』
『구멍』 인문서 『또 하나의 로마인 이야기』를 비롯하여 한일 간에서
시, 소설, 동화, 에세이, 인문서, 비평서, 실용서, 시 앤솔로지 등
200여 권을 번역했다. 특히 김영랑, 김기택, 안도현, 송찬호 등
한국시인의 시를 일본어로, 고이케 마사요, 이토 히로미 등 일본
시인의 시를 한국어로 번역 출간하는 등 한일 간에서 많은 시집을
번역했다. 현재 세종사이버대학교 겸임교수.